어른
아이들의

집(集)

한그루
시선

어른
아이들의

집(集)

김도경 시집

철드는 것이 두려웠습니다

어른아이가 되기로 했습니다

순하고 맑은 희망들이 다가왔습니다

모두가 어른아이였습니다

2021년 11월

김도경

차례

제
1
부

땅 따 먹기

학교 운동장을 다 따먹으려면 가위 바위 보를 몇 번 해야 할까? 몇 번 쉬면 좋을까? 네가 이길까 내가 이길까? 네 땅일까 내 땅일까?

우리는 우리만 본다 우리가 우리를 만들고 우리는 우리에 갇힌 가축처럼 가축적인 분위기에서 좋아한다 마음으로 보는 눈을 뜨지 못한 채 우리에 갇힌 우리는 가축의 본능을 이해하려고 확인하기에 급급하다

나 너 좋아해, 너 나 좋아해?

우리가 갑갑해서 땅을 늘리고 싶었던 우리는 땅을 따먹기 위해 끊임없이 선을 긋는다 내가 넘어가면 안 되고 네가 넘어와도 안 되는 선은 38선보다 견고해서 남북정상회담이 열리는 평화무드 속에서도 냉전의 연속이다 21세기 시선으로 가축적인 분위기에서 지적인 논리와 이기로 냉전을 계속한다

나 너 좋아해, 너 나 좋아해?

21세기 지구촌이 아프다 어른아이들의 선 긋기로 지진과 해
일이 일어난다는 사실을 아무도 알려고 하지 않는다

비빌 언덕

너는 비빌 언덕이 필요하다고 했다 비비기에 좋은 거품이 있으면 좋겠다고 했다 아침이면 수염을 깎듯 흐르는 강물을 보며 흥얼흥얼 랩에 맞춰 춤을 추었다

스크린도어컨베이어벨트바위덩어리새의철창나는비빌언덕이필 요 해! 금수저가하늘만큼 커! 은수저가땅만큼 커! 흙수저는무늬만있을뿐먼지쌓이는비빌언덕에서나는노래하지

랩은 슬프지 않았다 경쾌하고 다정했다 흙수저들이 숟가락 장단을 맞추고 비빌 언덕도 함께 춤을 추었다 너는 쉬지 않고 랩을 부르며 춤을 추었다

나좀서게해줘지쳤어흙먼지는가벼워비빌언덕이날아가숟가락장단을멈춰부탁이야나좀서게해줘이젠지쳤어제발제발제발제발제발제발제발…

랩은 슬프지 않았다 경쾌하고 다정했다 악보에 쉼표가 있었다면 우리는 춤을 멈추었겠지만 상처 난 CD에서 가사가 반복되었을 때 다급한 네 목소리를 아무도 듣지 못했다

아침이 되면 밤새 비빈 거품이 뭉개지는 뉴스를 보곤 한다 흙
먼지 날리는 비빌 언덕을 본다 흥얼흥얼 랩을 부르던 네가 떠
오르고 나는 경쾌하고 다정한 랩에 맞춰 춤을 춰야 할지 고민
한다 오늘도 찬란하게 떠오르는 강 너머 해를 바라보면서

21세기 놀이

"무궁화 꽃이 피었습니다. 무궁화 꽃이 피었습니다."

아이들이 술래잡기하면
우리나라 삼천리에 무궁화 꽃이 피어요

"무궁화 꽃이 피었습니다. 무궁화 꽃이 피었습니다."

어른들이 술래잡기하면
모자에 무궁화 꽃 마크를 단 아저씨들이 인간 사슬을 만들어요

대화와 타협을 무시한, 무시무시한
결정이 내려지고 시행될 때마다
어른들은 모범적인 병정놀이를 해요
아군도 적군도 없는 대치를 하고요
아군도 적군도 우리나라 사람이에요
아군도 적군도 나라 사랑이 우선이래요
평화와 환경을 생각하는 나라 사랑
안보와 경제를 선두에 세운 병정놀이

"무궁화 꽃이 피었습니다. 무궁화 꽃이 피었습니다."

삼천리 팔도강산에 삼팔선이 그어질 때처럼
대화와 타협을 무시한, 무시무시한
결정이 내려지고 시행될 때마다
어른들은 모범적인 병정놀이를 해요

"무궁화 꽃이 피었습니다. 무궁화 꽃이 피었습니다."

쓰레기와의 전쟁

눈도 귀도 시린 밤 쓰레기 버리러 나갔습니다 분리수거함을 애지중지 정리하는 청결 지킴이 선생님 앞에서 멈칫 요일별 분리수거 날짜를 살폈습니다

나 한 번이라도 혹한의 밤을 이기며 지켜주는 이 있었는지 손에 든 쓰레기가 부럽기까지 하다가 분리수거함 주변을 쓸고 계시는 모습에 경외감마저 드는 것이었습니다

하필 하얀 눈 대신 블랙리스트가 뒤덮는 이 겨울 토요일이면 온 국민이 한마음으로 손에 든 촛불이 세금으로 쓰레기는 안전하게 지켜주면서 세금 내는 우리는 왜 지켜주지 않느냐고 투정하는 아이들 취급받는 것 같아 형용할 수 없는 자괴감에 멈칫

나라님의 언급으로 일약 스타 반열에 오른 자괴감 소통의 부재에서 자리가 빛나는 자괴감 청소를 해야 쓰레기가 나온다고 쓰레기는 분리수거함으로 들어가야 한다고 분리수거함 주변을 깨끗하게 쓸어야 날파리가 끓지 않는다고 날파리는 시도 때도 모른다고 국민이 손에 든 촛불이 쓰레기들과의

전쟁이라는 것을 입증하고 계시는 청결 지킴이 선생님

따뜻한 커피 한잔 건네는 손과 고맙게 받는 손 사이에는 자괴
감이 없었습니다

어른아이들

퐁당퐁당 돌 던지며 놀던 아이들은 어른이 되었어요 퐁당퐁
당 떨어지던 돌이 풍덩풍덩 떨어지기 시작했어요 신나게 던
진 돌에 지나가던 개가 맞는가 하면 사람이 맞기도 했는데 풍
덩풍덩 던진 돌은 생각 없이 적중할 때가 많아서 피 보는 것
이 일과가 되었어요 어른아이들은 피가 노란색이면 좋겠다
고 생각했어요 노란색 리본을 볼 때면 정의가 떠올랐던 것인
데 정의는 누구네 집 개 이름 같기도 했어요 그 누구는 가물
가물 생각나지 않았어요 퐁당퐁당 돌을 던지면 예쁜 누나가
빨래하고 잔물결이 손등을 간지럽힌다는 동요를 흥얼거렸지
만 돌은 풍덩풍덩 떨어져서 피를 봐야 하고 예쁜 누나는 목숨
을 걸어야 하고 하나밖에 없는 목숨에서 정의는 개밥이 되었
어요 불가촉천민은 감히 올려볼 수 없는 애견 사료 애견 미용
실 애견 테라피 애견 호텔 애견 병원 애(愛)은 견(犬)의 지위를
확고하게 지지했어요 애(愛)가 인(人)의 편에 설 때까지 어른
아이들은 돌을 풍덩풍덩 던져야 한다는 사명을 느꼈어요 정
의는 노란 리본에서 상기될 뿐 던지는 돌에 맞아 죽은 정의가
비일비재했어요 어른아이들은 애(愛)가 견(犬)을 지지하는 시
냇물에 발을 담갔어요 풍덩풍덩 물장구를 쳤어요

나도공단풀

공단풀이 처음 발견된 곳

희망과 아픔이 공존하던 곳

기초생활보장 수급자 밀집지역

외국인 노동자의 안식처

구로공단 싼 숙소의 대명사

쪽방 벌집촌 반지하방 옥탑방 고시원

나도 나도 나도공단풀

5도*

여인의 얼굴에서 탄내가 난다 인터넷을 타고 번지는 탄내를 맡는다 읽히지 않는 표정을 읽는다 끝내 보이지 않는 속내에서 잿더미를 보았다고 믿는다 자의적 해석은 읽지 못하는 것을 보고 듣게 한다 여인이 입을 단정하게 다물고 말을 쏟아낸다

당신 탓이 아니다!

당신이 혼자 짊어졌다고 상승 중인 지구 기온을 내릴 수 있을지 북극곰을 지켜내고 수몰 위기에 처한 도시들을 구할 수 있을지 당신은 미래에서 살았고 앞서갔다 공평하다고 믿는 기후마저 우리 마을에 편파적인 현재

기후 탓이 아니다!

사람들이 내 표정을 얼마나 읽어낼 수 있을지 읽어낼 의지가 있는지 읽지 못하면서 탄내를 맡고 잿더미를 보았다고 믿는지

당해보지 않아서 읽을 수 없는 표정은 사진의 작품성을 논하기에 손색이 없다 가물어 쩍쩍 갈라진 사람들의 마음을 일깨우는 5도

햇볕은 지구에 공평하다 반성의 기미가 없는 구조적 권력의 독점과 구름의 농간이 있을 뿐 지구촌에는 지금도 편파적으로 비가 내리지 않는 곳이 있다 비극적으로 가문 곳이 있다

*   2019 소니세계사진상 '올해의 사진가'(Photographer of the Year)에 선정된 이탈리아의 사진작가 페데리코 보렐라(Federico Borella, 35)의 작품으로, 기후변화가 초래한 농촌의 참상을 추적했다.(2018년 5월에 촬영한 인도 타밀나두의 농민 셀바라시(60)의 아내 라사티. 조합에 진 빚에 시달리던 셀바라시는 2017년 5월 자신의 논에서 스스로 목숨을 끊었다.)

김 여사의 일요일

국민이 쉬는 날로 정해진 일요일 김 여사는 약속을 어기고 일하러 갑니다 (약속은 *지켜야 하는 것*) 겨울이 겨울 같지 않다는 함박눈 침묵시위에 눈앞에서 냉기 서린 쪽방들이 둥둥 떠다닙니다 (*눈을 질끈 감는 김 여사*) 첫 직장 첫 업무에 적응하고 있을 아들 생각에 (*핸드폰을 꺼내 드는 김 여사*) 셀카 한장 찍어 보내며 패딩 점퍼 고마워 (*카톡*) 감기 조심하세요 (*카톡*) 카톡과 카톡이 오가는 사이 생애 미숙했던 '첫'자가 내려 쌓입니다 (*곧 녹아 없어질 '첫'*) '첫'자가 걸어온 길을 엮으면 운명이 된다는 철학적 사고로 걷다가 (*근거를 찾는 김 여사*) 문자 수신 (*캔슬*) 프리랜서 하루 시작점 '첫'의 오류 그 속에 *火*가 있었군!(*목덜미가 뻐근한 김 여사*) 결빙된 세상에도 해는 뜬다 (*건널목 붉은 신호등 깜박깜박*) 건너갈 의미가 없어졌을 때 과감히 돌아서는 미덕도 필요할 터 (*집으로 발길 돌리는 김 여사*) 제주에 입도한 지 25년 만에 수도꼭지가 언 건 처음이라는 생각을 하다가 (*물의 소중함이 물밀듯 밀려드는 김 여사*) 겁이 많아서 수영을 할 줄 몰라서 첨벙대기만 했던 지난날의 물놀이 '아름다운 이 세상 소풍 끝내는 날, 가서, 아름다웠다고 말하리라….' 천상병 시인의 시구를 붙잡고 안 되면 즐기자! 해장국과 생수를 사서 푹푹 빠지는 눈길을 걷습니다

(대문 안으로 들어서는 김 여사) 펑펑 내리는 눈을 바라보다가 (눈에 묻힌 집을 상상하는 김 여사) 생애 걸작 시 한 편 남길 절호의 찬스라고 무릎을 (탁啄) 알도 깨지 못한 햇병아리가 감히 (줄啐) 동(多)이나 동(同)은 동음이므로 이의는 하지 말 것 동(同) 때가 도래했다는 듯 (시時) 줄탁동시가 탁줄동시가 되고 햇살은 나올 기미가 없습니다 (그래도 흐뭇한 김 여사) 시보 뗐다고 팀에서 사주셨어 (카톡) 전자레인지 옆에 끼고 웃는 아들 사진을 보며 (세상에서 부러울 것 없는 김 여사) 폭설 한파에도 소담한 웃음꽃이 핍니다

찬란한 묵념 1

벼는 익을수록 고개를 숙인다
일용할 양식으로 인류를 구원하는 메시아라는 자만을 버리고

새벽종이 울리고 새 아침이 밝았고 너도나도 일어나 새마을*을 가꿀 때
벼는 중화학 공업에 자리를 내주면서도 농민들과 아픔을 같이했다

예수님은 십자가에 못 박혔다
구원의 메시아!

점심 한 끼 놓치고 도청 앞을 지나가던 날
농민들이 피켓 들고 외쳤다
"우리 농민 다 죽는다!"
내 배에서는 꼬르륵 소리가 났다

예수님은 부활하셨다

마트에서 장을 보다가
수입산 가격표가 붙은 곡물 소고기 과일 야채
집었다 놨다를 몇 번 하다가
가격 대비 수입산 곡물을 집어 들면서
양심적으로 아멘!

우리 농산물의 부활을 믿는다
응원하는 메시아!

* 새마을노래 가사.

찬란한 묵념 2

갈아엎으시겠습니까?

선택의 여지가 없습니다

꼭, 지금이어야 합니까?

정부 보조금이라도 받으려면요

작황이 좋군요

극적일 때 묘미가 있습니다

햇살도 아주 좋아요

보여지는 것도 중요하니까요

까면 깔수록 하얀 양파

타들어가는 농부 가슴

쓸어내리는 흰

트랙터 기계음이 우렁차다

관문

내가 너희를 구원하노라!

허공으로 뻗은 손들이 필사적이다
지푸라기는 물에서만 잡는 게 아니었나 봐
장애물 없는 길은 식상해
길이 꼬이면 푸는 재미가 있지

쌀농사를 짓자!
빌딩을 허물어 논을 만들자!
대리석 바닥에 씨를 뿌리자!
허공에 모를 심자!

들판에서 지푸라기를 수확해야 해
황금 낟알을 제멋대로 떨어트리는 지푸라기
치열해서 제맛 나는
천국의 문

태초에도 구원의 손이 있었어
보이지 않는 손을 믿어야 해

지푸라기 생산 라인

줄서기를 잘해야 해

지푸라기에서 정답을 찾는 손들

천국의 문을 통과하는 오답들

허공으로 뻗은 손들이 필사적이다

지푸라기가 너희를 구원하노라!

터진목

다시 찾은 그곳
빗돌이 서 있다
'4·3 유적지'

그땐 보이지 않았다

검붉은 하늘과
비늘구름과
서늘해지던 심장
그리고
너

눈 감고 귀 막고
70여 년 삭여온 바다
학살터에서
그만 바라봤던
죄

영혼들께 용서를 구합니다

물고는 터야 한다고
자유롭게 비상하는 갈매기들
하늘이 높푸르다

열두 살 아이의 귀가

친구 집에서 놀지 말았어야 했어 걸어서 가지 말고 공중부양
이라도 해야 했어 민중의 지팡이 경찰이 불러도 대답하지 말
고 도망쳐야 했어

새벽 점호를 위해 사열 종대로 서면 우리 집이 저 아래 어디
쯤 있을 것 같은데 형과 아우처럼 잘 지내라는 가난한 사람
도와준다는 부산형제복지원 마당에서는 얼차려를 하고 시도
때도 없이 매를 맞고 강제로 일하고 모두가 기합받지 않고 온
잠 자 보는 게 소원이고 내 편 엄마와 아빠가 와야 하는데 내
편 엄마와 아빠가 오지 않아서 유리 조각을 먹고 죽는다고 하
면 내 편 엄마 아빠가 올 것 같아서 유리 조각을 삼키려다 토
악질로 뱉어내며 버틴 감금 삼 년,

"너 집 나왔지?"
"친구 집에서 놀다가 집에 가는 길이에요."

존경하는 재판장님께 올리는 형제복지원 피해자 진술서* 한 장 들고 아픔을 자식에게 대물림하지 않겠다고 자신의 존엄성을 찾겠다고 삼십 년이 흐른 지금도 귀가 중에 있는 어른아이가 있다

* 　형제복지원 피해자 진술서(성명: 김의수).

갯벌노랑이들의 수학여행

와! 봄이다!

올해는 꼭 제주도에 닿고 말 거야

'선내에서 가만히 대기하고 있어라'*

십 년이면 강산이 변한다는데

이대로 기다릴 순 없지

까짓것!

우리 힘으로 가보는 거야

해안가마다 두 손발 짚고

피멍 든 손톱 발톱으로 기어오른다

노란 리본을 달고

우

　　르

르

　　재

　　　잘

　　재

　　　잘

대 화

깊은 밤 아이가 엄마 손을 잡고 똥 누러 간다

우리 집 화장실은 왜 밖에 있어요?

냄새 나니까

밥을 맛있게 먹는데 똥에선 왜 냄새가 나요?

양심이 썩어서 그렇단다

저도요?

양심이 바르면 세상에서 낙오자가 돼

'그래서 아빠가 높은 사람이구나!'

휴! 높은 사람은 줄줄이 감옥에 가더구나!

감옥은 어떤 곳이에요?

외로운 곳이란다. 그래서 무섭기도 한

우리 집처럼요?

사람은 모두 똥에서 냄새가 나요

그래서 지구는 거대한 감옥이란다

저 하늘의 별을 가슴에 담아 두렴

아하, 마음에서 빛이 나면 무섭지 않겠구나!

대단한 발견을 한 아이가 똥을 눈다

뿌지지직! 뽕! 소리가 경쾌하다

마당, 동백나무

함박눈님 오시는 마당 동백꽃은 가난을 비단으로 감싸는 부르주아!

제
2
부

작두콩차

몇 해 전 작두콩차를 선물받았다 소중하게 보관했는데 어디에 두었는지 기억나지 않는다

작두 타는 보살을 만신이라고 한다 만신은 신만 잘 다스리면 아픈 사람을 낫게 할 수 있다고 들었다 눈에 콩깍지를 끼우면 콩이 작두를 타고 아픈 사람이 나을 것 같은데 아직 작두콩차를 찾지 못했다

날 선 마음에 베이는 날들이 있었다 하루에도 몇 번씩 마음이 작두를 타고 있을 때 작두콩차를 선물받았다 고마워서 차를 어떻게 끓이는지 여쭤보는 것을 잊은 채 잘 보관했는데 장소가 기억나지 않는다

"작두를 옆에 두면 상처받기 쉬워요. 작두콩차를 마시면 상처가 아무는 데 도움이 돼요. 평생 마음 쓸 일 한꺼번에 썼다고 생각하세요."

마음을 우려 주던 그 말씀이 작두콩차 끓이는 방법이었다는 것을 근래에 알았다 눈 내리고 추운데 오시는 길 고생했다

며 안도하시는 모습에서 완화 병동이 완화되고 있었다 창가
에 햇살 스미는 작은 평화

"이곳이 어디라고 먼길 오셨습니까, 감동입니다."

그 말씀에 감동한 내가 작두콩차를 어디에 두었는지 골몰해
진다 그 마음에서 작두콩차 향기가 난다 작두콩차를 마시면
다시 오름도 오르고 대장질도 하실 것 같은데 보관해 둔 곳이
기억나지 않는다

기억에게 화를 낸다 기억이 내게 화를 낸다 화만 잘 다스리면
작두콩차를 찾을 것 같은데 아직 찾지 못했다

내가 좋아하는 언니가요, 글쎄

배추 농사를 짓기로 했어요 좋은 종자와 기름진 밭이 필요했어요 사실 배추 농사가 처음은 아니에요 텃밭에 심어본 적 있거든요 종자와 밭을 구하는 데 조언을 구했어요 믿음이 가지 않지만 내가 좋아하는 언니에게요 좋아하면 믿음도 따라 생기니까요 믿음은 사람을 편안하게 해요 언니의 도움으로 종자를 골랐어요 밭도 빌렸어요 한여름 뙤약볕에서 씨를 심었어요 땀을 많이 흘리면 열심히 일하는 것처럼 보이죠 사람들은 나중에 할 말을 만들기 위해 고생을 사서 하지 않나요? 어느새 싹이 돋았어요 속이 꽉 찬 김장배추로 거듭나고 있었어요 그런데 태풍이 몰아쳤어요 하필 여름 지난 가을에요 배추 농사는 소설과 달라서 절정에서 위기가 와요 배추밭에 물이 들었어요 흙탕물에 잠긴 배춧잎을 보며 내가 좋아하는 언니가 말했어요

"농사지으라고 한 적 없어. 결정은 네가 한 거야!"

태풍이 계절을 잊지 말았어야 해요 제철 모르는 날씨 때문에 소설과 현실을 혼동한 것 같아요 내가 좋아하는 언니가요 배추 농사 다시 지을 거냐고요? 생각 중이에요 오만 원권 지폐

가 발행되면서부터 배추 이파리가 한물갔잖아요 마음 밭의
농사가 급하긴 한데요 선근종자를 어떻게 구해야 하나요?

반어

"젖은 마음에서 사람 향기가 나"

물가에서 놀기 좋아하는 네가 말했지
위험한 물놀이보다 젖지 않는 것이 낫다고 말할까 했는데
물수제비 뜨는 네 모습에

"행복해?"

살풋 웃는 네 미소가 젖어 있었어
행복은 젖은 곳에서 푸른곰팡이처럼 핀다는 듯

"눈물 젖은 빵을 먹었더니 세상이 따뜻해 보이더라"

우유에 빵을 적셔 먹는 버릇이 있는 나는
세상이 차갑게 보인다고 말할까 했는데

"행복해"

물수제비처럼 던진 화두에 실수로 답했을 뿐인데

세상이 진짜 따뜻하게 보였어

실수가 행복의 원천이 되기도 한다는 걸
따뜻해야 세상이 뽀송뽀송해진다는 걸
행복은 푸른곰팡이 속 페니실린처럼
젖은 곳에 숨어있다는 걸
잊고 있었어, 지금

"행복해?"

"젖은 마음에서 사람 향기가 나"

한계 봉(蜂)

비도 외면하는 마른장마

쩍쩍 갈라지는 땅이

소리를 내지 않았다

한계를 넘고 있을 뿐

가쁜 숨소리도 사치였다

입은 사치를 부리고 싶었다

입을 힘껏 벌렸다

말들이 쩍쩍거리며 튀어나왔다

제 맘대로 튀어나온 말을 지켜보았다

눈이 할 수 있는 전부였다

눈물샘이 마른 눈에 핏발이 섰다

샘의 줄기를 찾기로 했다

마른 감성은 마중물이 되어주었다

애써 펌프질을 했다

온몸에 피가 돌기 시작했다

감성의 뜰에 꽃이 피고

말들이 뛰어놀았다

탄성을 질렀다

제 맘대로 튀어나온 말을 타고

한계를 넘어가고 있었다
야생화가 눈에 들어왔다
사진을 찍었다

"넌 카메라가 손에 잡히니?"

먼지 쌓인 앨범 속 사진에서
우정의 한계를 넘던 친구의 말이 튀어나왔다
말이 아파 아프다는 말도 못 했던 말을 타고
한계 봉(蜂)에 올랐다
카메라를 선물하고 먼 길 떠난 당신이
기다리고 있을 것 같아서
꼭 그럴 것 같아서

가을에 단풍이 드는 이유

소라네 집에 풍년이 들었어요 담장에 호박이 넝쿨째 구르고
마당가에는 소국이 소담하게 피었어요 마을에도 울긋불긋
단풍이 들기 시작했어요 가을은 꿋꿋하게 책임을 다하고 있
어요

소라 엄마가 누런 호박 속을 파내고 소국으로 꽃꽂이를 해요
부조화 속의 조화가 아름다운 가을이에요

소라 엄마는 하필 호박이 넝쿨째 구르고 있을 때 하필 소국이
환하게 웃고 있을 때, 하필 때를 밀어 번 떼돈을 가져와서 마
을 사람들을 궁금하게 했을까요?

단풍이 앞산과 뒷산으로 물드는 동안 소라네 집 마당 소국은
질려서 자줏빛이 되었어요 호박 넝쿨은 말랐고 호박은 누렇
게 뜨고 말았어요

소라 엄마가 호박씨를 말리고 있어요 호박씨들이 소곤소곤
해요

소라 엄마 얼굴이 자줏빛으로 변했어요 새빨간 거짓말이 마을 사람들 입에서 오르내리는 동안 앞산과 뒷산의 나뭇잎들은 민망해서 울긋불긋 붉혔다나 봐요

가을에 단풍이 드는 이유!

소라 엄마가 가슴을 후벼파고 있어요 자줏빛 소국으로 꺾꽂이하려나 봐요

수선화 올레

제주도 성산읍 난산로에 가면요
아, 비밀인데요. 제 욕심인데요
혼자만 알고 살짝 다녀오고 싶은
철 따라 꽃이 피는 꽃밭이 있어요
대문은 언제나 열려 있고요
제 아지트로 숨겨두고 싶은 곳인데요
혼자만 알고 있기엔 좀이 쑤셔서
말을 해야 하나 말아야 하나요?
이 올레에 들어서면요
한 송이 제주수선화가
사계절 검정고무신을 신고 있어요
아, 믿거나 말거나요

한 송이마다 한 번씩 아픈 허리 구부린 내 어머니의 수고
마음 빈 자의 제단에서 기름도 없이 타오르는 향기로운 불꽃
되기를 기도하는 내 마음
겨울 오면 수선화꽃 나누어주고 싶어라*

사계절 수선화 향기를 품고 살아가는

어머니의 수고로 향기를 나누어주는

사람을 좋아하고 기다리는

한 송이 고고한 제주수선화가

꽃밭을 가꾸며 살아요

검정고무신을 신고 있어요

아, 믿거나 말거나요

* 　김순이 「제주수선화 2」에서 차용.

천등

집에서 가까운 절도 잊고 살았으면서
삼배할 마음도 내지 못했으면서
어쩌다 한번 나선 대만 스펀에서
복 빌 기회가 생겼다
평소 복은 심는 것이라는 생각이
천등을 하늘로 날려 복을 비는 의식 앞에서
지기 싫었던 걸까?
아들 소원 빌어주고 싶다는 희야 언니
등 하나 더 띄워주려다가
우리 가족 천등을 내 손으로 날리지 못했다
두 아들 복이 다 날아가 버린 것 같아
천길만길 뛰는 가슴으로
흔들다리 위로 따라가다가
발아래 유유히 흐르는 하천을 본다
비가 와서 넘치는 물이거나
가뭄에 물이 말랐거나
하천은 한길이었다
관광객들의 간절한 소원이 담긴 등
하늘만 제일이라고 오르다 떨어질 때마다

하천은 말없이 품었을 것이다

한 땀 한 땀 바느질하듯 복을 심지 못한 나에게

마음 밭부터 일구라는 조언이 세차게 흐른다

하천에서 선근종자를 본다

물은 아래로 흐른다

호박 화석*

지층은 한 겹의 층을 쌓는 데 얼마나 진을 뺐을지

어머니는 일생에 자식이 어떤 의미였을지

겹겹의 층은 뼈와 살을 녹인 어머니 진액이었을 터

"산에 소나무나 내 맘 알까, 아무도 몰라."

가슴에 불덩이 하나 묻고 살았던 여인

화석이 빛나는 투명한 호박 안에는

물빛 푸른 호수가 잠들어 있다는 거

그 밑바닥에서 소나무가 자란다는 거

소나무 진에서 짠맛이 난다는 거

수억 수천만 년 윤회 속에서의 증명

호수가 큰 산도 거뜬히 품어내는 것은

하늘에 태양이 존재한다는 거

태양은 구름에 가려도 태양이라는 거

만고의 어머니 마음이라는 거

* 　호박(琥珀)은 나뭇진의 화석.

역할

습작한 시를 아들에게 보여준다

읽고 또 읽는다

느낌을 말하는데 선생님 같다

우리는 자리가 바뀌었다

신(新)효녀지은*

곧이곧대로 믿는 버릇이 있다
힘겹게 구순으로 향하시는 아버지 말씀이라면

"병원에 오지 마라. 나 괜찮다."

"아, 글쎄 오지 말라니까! 코로나 시국에."

전화를 끊고 비행기를 탔다
아버지의 꼿꼿한 말투가 변하지 않아 마음이 놓였다

강한 부정이 긍정이었다는 걸
이순의 내가 알은 체했다

* 효녀지은 설화의 주인공.

인공지능로봇 남편

기다림은 짓무른 눈에서 소금을 캐는 일이다

바닷물의 모태는 눈
눈의 가시거리에는 바다가 있다

서우봉에 오르다가 본 밭 한가운데 낡은 양은솥
일손 놓고 농부는 어디를 갔는지
닮은꼴에 반응하는 원초적인 노동
밭에서 소금을 캐 솥에 담는다

정읍사*의 주인공 아낙은 달에게
행상 나간 남편의 안전을 빌다가
빌다가 망부석이 되었다고 한다

달 속에 백금이 묻힌 사실을 알고 있었다는 듯

남편은 하늘의 별이라도 따 주겠다고 했었다
과녁은 별이 아닌 달이어야 했다
달에서 토끼가 방아 찧는 위장술에 속지 말았어야 했다

달에 묻혀 있다는 백금 개발 가능성에 대해
SNS에 올라온 기사를 읽고 있는 나에게
달에서 탐사를 마치고 돌아온 인공지능로봇이
남편이라고, 하늘의 별을 따러 갔던
남편이라고 우기면
별 대신 달이면 안 되겠냐고
안 되겠냐고 사정하면

이 일을 어쩌나?

닮은꼴에 대한 예의 바른 반응
왕따를 시키거나
외면하거나

* 　작자·연대 미상의 백제가요.

가족

앙상한 은행나무 가로수가 링거를 맞는다

잎 진 자리를 노란 수액이 대신하고 있다

하나둘 자식을 객지로 떠나보내고

반추하는 계절

건강검진 결과가 나왔다

병원문을 나서는데 하늘이 노래지다가

밑동에서 거름을 자처하는 잎들을 본다

건재한 은행나무 앞에서 합장했다

자구리문화예술공원*

옛날 소 잡던 곳이라는 이름의 자구리 소를 즐겨 그렸던 화가의
손이 조형물로 서 있는 곳 먼발치에서 섶섬은 배경이 되어준다

잡아 먹고 먹히는 제국주의 소용돌이에 밀려왔던 곳 소 잡던
해안가 마을에서 소의 울분과 교감했을 그는 모래밭에 도화
나무를 심는 자세로 가족을 사랑했다

그의 유토피아는 순하고 우직한 소를 닮았다

화가의 손등에서 미끄럼 타는 아이들 올라타서 매달리는 아
이들 분수대에서 물놀이하는 아이들 모래밭 메워지고 게도
보기 힘든 도원**에서 시민들이 가족과 함께 더위를 식힌다

한치 배들이 집어등 밝히고 일렬횡대로 행진한다 하늘로 쏘
아올리는 폭죽 만발하는 도화꽃 유토피아 자구리축제!

자구리문화예술공원은 화가의 발자취가 그리는 낙원이다

* 제주특별자치도 서귀포시 서귀동 70-1.
** 이중섭 작품 제목.

비자림*

문명병을 퇴치하고 지구를 지켜나갈 파수꾼
비자나무 일가(一家)가 지구의 대안이다

미래 환경을 예측한 이 마을 선조들은 숲의 시조(始祖)를 조성
했다
먹고 버린 비자열매 씨앗에서 싹이 트고 잎이 나고 무럭무럭
자랐다

비자나무 집성촌으로 날아든 단풍나무 산딸나무 말오줌때
후박나무 머귀나무 상산 작살나무 박쥐나무 누리장나무 천
선과나무 아왜나무 씨앗들이 싹을 틔웠다 나도풍란 콩짜개
란은 비자나무에게 집을 빌렸다 소문을 들은 생물이 고유명
사로 된 명함을 들고 모여들었다 한 터에서 일가(一家)를 이루
었다

곶자왈**은 품고 나누며 공존한다
비자나무 뿌리가 머금은 물은 마을 사람들에게 생명수였다

천년의 세월을 함축해서 보여주는 숲

상처를 딛고 어우렁더우렁 살아가는 풍경이 사람 사는 모습
을 닮았다

곶자왈의 생명은 사랑이다
비자곶***은 사람을 사랑한다 사랑이 사람을 지켜 낼 지구의
대안이다

* 제주특별자치도 제주시 구좌읍 비자숲길 일대.
** 화산이 분출할 때 점성이 높은 용암이 크고 작은 바위 덩어리로 쪼개져
   요철(凹凸)지형이 만들어지면서 나무, 덩굴식물 등이 뒤섞여 숲을 이룬
   곳을 이르는 제주 고유어.
*** 비자림의 옛말.

대평리 박수기정*

"그는 왜 그랬을까?"
혼자 있는 것이 익숙한 그녀가 되뇌었다 그 시점을 돌아보면서

"산다는 건 절벽 끝에 서는 일이었어!"

그가 독백을 하기엔 바람이 세찼다 파도는 흩어지는 말을 낚아채며 바닷물을 무시했다고 으르렁거렸다 우리는 용신의 분노라는 것을 알고 있다 마실 물이 필요했을 뿐인데 욕심 많은 용신 하르방!

분노는 엉뚱한 곳에서 폭발했다 용신은 사람들에게 신비한 존재로 보여야 하니까 신(神)이니까

한라산에서 폭발한 용암이 흘러내렸다 용신의 마음은 급속히 냉각되고 풀어지기를 반복하며 바닷가에 병풍바위를 세워나갔다 눈앞의 장관은 욕심도 독설도 신비한 능력으로 보였다 사람들은 탄성을 질렀다 마실 물을 솟게 해달라고 두 손 모아 합장했다

합장을 이마에 했으면 얼마나 좋았을까! 용신은 너그러운 존재니까 신(神)이니까 절벽 중간에서 샘물을 솟게 했다 사람들은 선택의 기로에 서야만 했다 밧줄을 타고 내려가서 물을 마시거나 다른 샘물을 찾아 떠나야 했다

대평에 서면 바람이 세찼다 그의 독백은 박수기정을 돌아 더 나아가지 못하고 저승문에 다다랐다

이럴 땐 시(詩)적 반전이 필요하다 촛불을 들어야 한다 독백이 독자를 넘어 청중과 호흡해야 한다 박수기정에서 저승문은 전설일 뿐이니까

"그는 왜 그랬을까?"
그녀가 선택의 기로에 서서 되뇌었다

* 올레 9코스 시작점인 대평포구와 이어지는 곳에 위치한 박수기정. 박수기정은 바가지로 마실 샘물(박수)이 솟는 절벽(기정)이라는 뜻을 가진 합성어.

도리화가(桃李花歌)*

그가 판소리 여섯 마당에 도화나무를 심었다는 가설!

귀신이 붙었다는 누명을 쓴 도화나무가 측은하여
울타리 안으로 거두었을 것이다
자란 나뭇가지가 담장 밖으로 넘어가지 않게
거센 바람에도 뿌리 뽑히지 않게
세심한 배려로 터를 지명했을 것이다

사랑에는 우물이 있다는 가설!

퍼낼수록 차오르는 그리움을 담는 곳
초승달이 만삭이 될 때까지 가둘 수 있는 곳
한번 빠지면 목숨까지 위태로운 미로 동굴 같은 곳
헛발질은 금물이라는 것인데
그래도 빠지고 마는 운명 같은 것이 있다면
죽음도 불사하는 득음을 향한 열망뿐
여인이 소리꾼이 된다는 것은
조선에서 금기를 깨는 일
금기의 뒤란 깊고 푸른 우물에서는

도화꽃이 판소리를 하고 있다는 가설!

춘삼월이면 한결같이
자두꽃 너름새에 맞추어 도화꽃이 핀다

도화꽃은 판소리 여섯 마당 완창에
열중하고 있다는 가설!

* 조선 고종 때 신재효가 지은 단가. 《도리화가》는 신재효가 제자 진채선에
  대한 아름다움을 복숭아꽃과 자두꽃이 핀 봄 경치에 빗대어 지은 판소리
  의 제목.

답가

홍의녀지비(洪義女之碑)*라니요
조선 여인에게 언감생심 시비(詩碑)라니요
조정에서 시비에 휘말리실까 걱정되었습니다

연지곤지 바르고 족두리를 써야만 지어미인가요
이름 석 자에 형두꽃 씌워주며 빛이 난다 하셨으니
가슴에 별로 새기셨음을 알고 있습니다

황천길 무섭지 않았습니다
배웅이 애끓어 송구하게도 행복했습니다

억울할 새 없었습니다
지아비 두고 앞서는 죄인 걱정이 앞을 가렸습니다

내 설운 딸과 사위 호적에 올려 돌봐주시고
소인을 양주 조씨 문중 사당에 봉안까지 해주셨으니
지난 한생 여한이 없습니다

세세생생 보은의 별로 뜨겠습니다

지고지순한 사랑 이어가겠습니다

세상을 밝히는 사랑의 전도사 되겠습니다

---

* 조정철이 홍윤애의 묘를 단장했으며, 지금도 그가 짓고 쓴 묘비명이 전해
지고 있다.(『제주 유배인과 여인들』 중 '조정철과 홍윤애' 참조)

추도(秋圖)

내 선택을 믿고 싶었으나
끝내 가을을 배웅해야 했다
잡고 싶었던 절기 앞에서 맞닿은 흰 벽
네 마음에서 내리는 눈을 보았다
한겨울 혹한에
온기 불어넣을 자신 없는 내가
네가 물어오지도 못하는 말에
애써 대답했을 때
담쟁이 넝쿨은
흰 벽을 기어오르고 있었다
몇 잎 남지 않은 줄기에서 뻗은
천 개의 손이 벽을 붙잡고 있었다
천 개의 눈을 갖지 못한 나는
잡는 것에 집착하다가
쓰러져가는 슬레이트 집만 봤을 뿐
뒷마당 텃밭과
앞마당 산수유나무와
마루에 내려앉는 햇살은 보지 못했다

늦가을이 그리는 담쟁이 벽화

관세음보살의 미소를 잡는다

동백나무 점괘

때늦게 돌아보는 것을 뒷북이라고 하지
다시 말하면 앞으로 나아가라는
돌려 말하면 한발 늦다고 채근하는
그러니까 바보 같다는
때 묻지 않았다는
순수하다는
눈처럼 하얗다는
동백나무 입장에서 보면
함박눈 올 때 꽃은 절정이라는
그러니까 지금은 때가 아니라는
무더위에는 패나 던지며 점괘나 보라는

수리수리 마하수리 수수리 사바하

마당 동백나무 열매가 튼실해서
면경 속 달뜬 마음이 되고야 마는 것인데

수리수리 마하수리 수수리 사바하

거울아 거울아!

겨울이 오긴 할 거니?

눈 내릴 때 꽃이 피긴 할 거니?

뒷북에 장단 맞춰줄 거니?

뒷북 소리 들어보긴 한 거니?

거울아 거울아!

망우(忘憂)

사월 망우리공원* 숲에 햇살이 범람한다 연둣빛 축복이다

생(生)과 사(死) 경계에 놓인 사이 길을 걷는다 나는 자연스럽게 호흡하면서 호흡이 중요하다는 것을 떠올리지 못한다 드문드문 보이는 봉분 옆을 지나며

한 평 남짓 봉분들 앞에 세워진 남루한 비석들을 본다 나라와 문화 예술을 사랑했던 이름들에 햇살이 와 닿는다 햇살을 따라가다가 서성인다 나를 상기시키는 숲이 또렷하게 연둣빛

연둣빛 물결이 폐부로 밀려든다 쌓인 퇴적물을 조금씩 밀어내지만 힘에 겹다 발바닥에 집중하면서 나를 번번이 일으켜 세운 고마운 발을 알아차린다 이젠 다시 시작할 수 있겠다

화가 이중섭 묘에 다다랐다 언제부터 키우고 있었는지 내 안에서 송아지 울음소리 들린다 달랠까 하다가 그만둔다 무한하게 살 것처럼 밀어내지 못한 퇴적물을 응시하면서

칭얼거리는 송아지 가슴에 청진기를 대는 숲 우주가 싱그
럽다

* 태조 이성계가 자신의 묫자리를 정하고 환궁하던 길에 묫자리가 한눈에
  보이는 고개에서 잠시 쉬며 "근심을 잊었다.(忘憂)"라고 말한 것이 지명
  의 유래가 되었다.

칠십리 아리랑

날 버리고 가신 님은 백리도 못 가서 발병 난다는 아리랑 고
개를 넘다 보면 서귀포 칠십리가 나오는데요 문섬 섶섬 범섬
의 호위를 받는 해안가에 서면 개선장군이 된 것처럼 뿌듯한
데요 바닷물이 푸르다는 편견을 깨는 은빛 물결에서 세상 편
견을 씻어내겠다는 의지를 보기도 하는데요 물결치는 지역
민의 순수한 마음이 은빛 바다를 만들었나 싶기도 한데요 아
리랑 아리랑 흥에 겨워 천지연에 다다르면 폭포수도 날 버리
고 가신 님을 따라 아리랑 고개를 넘는데요 폭포수의 우렁찬
창에 날 버리고 가신 님은 간담이 서늘할 것 같기도 한데요
백리도 못 가서 발병 날 님을 따라가다가 도중하차하던 칠십
리는 절벽에서 생명을 살려내는 보고였는데요 아리랑 아리
랑 흥이 많은 민족의 후예들이 아리랑 아리랑 흥에 겨운데요
백리에 못 미치는 칠십리 고갯마루에서 흥에 겨운데요 날 버
리고 가신 님이 발병이 나지 않을 만큼 흥에 겨운데요 하늘과
땅이 만나 이루어졌다는 천지연이 관광 명소가 된 것은 폭포
수 때문이라는데요 세계문화유산 천지연에서 명당을 차지한
폭포수는 역시 명창이에요

쥐밤나무 아래에서

저 멀리 바다로 빠져들던
사과 빛 오메가

다시는 볼 수 없을 것처럼
목 늘리던 그때

톡!

꿀밤 주던 쥐밤
한 번으로는 안 되겠다며 다시

톡!

쥐어박던

그런 사이

전화가 왔고 낯선 목소리였고 내가 누군지 알겠느냐고 했을
때 낯익었던가? 우린 그런 사이였고

그녀는 내게 친절했고 뜻밖의 친절에 나는 당황했고 요즘 친
절은 상대의 의지를 묻지 않고 베푼다고 했던가? 그네는 그
런 여인이었고

난 그녀의 친절을 정중하게 밀어내면서 대범한 척 말했고 그
녀가 미안한 척 사과했을 때 이내 쏘아붙이지 못한 내게 화가
났고

지금까지 구걸하지 않고 왔다는
내 가치는 내가 지키며 산다는

요즘 세태로 보면 흉이 아니라고 가슴에 못을 박는 그녀를 이
기고 싶었던 난 그녀의 친절에 화만 났던 것일까!

그녀와 난 그런 사이였다

제
3
부

환생

매미가 존재를 알렸던 소나무 숲에 어둠이 내리고 창가에서
귀뚜라미가 운다 계절이 옷을 갈아입는다

뱀이 로드킬당했다 목숨 걸고 개혁을 시도한 허물벗기에도
사탄의 매개체였던 징벌은 단호했다 운전은 아담과 이브의
자손이 했다 뱀이 신을 능가하는 벌의 관문을 통과했을 때 아
지랑이 사이로 햇살이 비추었다

소나무는 허공에 침을 놓는다 세상이 병들지 않기를 바라는
마음이다 소나무 씨는 바람에 날린다 자손이 열성유전자로
태어나는 것을 막기 위함이다 솔향으로 남은 여운 지혜가 사
계절 푸르다

마 녀 사 냥

말들이 총을 겨누고 날뛰는 세상이 도래했다

사람들은 위기보다 재미를 좋아해서
마녀사냥을 보며 웃는다

말들에게 겹겹이 포위당했다던
여인의 안부가 궁금하다

죽지 않고 살아서 돌아왔으면 좋겠다

마녀가 아니었다는 것을 증명하려면
시를 사랑한 것이 죄가 되면 안 된다

시는 권력을 추구하는 사람들의 말몰이가 아니다

시는 인간의 온도를 잴 수 있는
말들의 총기 난사를 막을 수 있는

지구촌에 존재하는 따뜻한 소통이다

생각나무

한 마리 열대어가 수족관에서 생각나무를 키우며 살아요 열심히 꼬리를 흔들며 헤엄쳐요 물 밖으로 나가면 지금 실력으로 하늘을 훨훨 날 수 있다고 생각해요

열대어가 하늘만 쳐다봐요 수족관에 비친 하늘에는 형광등이 켜져 있어요 에어컨 바람은 시원하고 먹이를 주는 주인의 손길은 따뜻해요 열대어는 꼬리 흔드는 것이 중요하다는 걸 알아요 주인에게 잘 보이면 물에서 벗어날 수 있다고 믿어요

생각이 생각을 키워요 쑥쑥 자란 생각에서 날개 달린 나무가 자라요 열대어는 창문 밖 나뭇잎이 우습기도 하고 안쓰럽기도 해요 바람이 불지 않으면 움직이지 못하니까요 날개를 키우는 자신이 뿌듯해요

열대어는 수족관만 환해지는 밤이 싫어요 아무도 봐주지 않을 때 돋보이는 것은 의미가 없으니까요 주인이 보는 앞에서 하늘을 훨훨 날고 싶은 거예요

날이 밝았어요 주인이 먹이를 줘요 열대어는 자신이 돋보이

는 것 같아 행복해요 물에서 벗어나는 것이 무엇을 의미하는
지 모르고 열대어가 주인에게 꼬리를 흔들어요 생각나무가
하늘을 훨훨 날고 있어요

우아한 연륜

J가 고지를 세우고 빙빙 돕니다 어지러우니까 그만하자고 했더니 제자리에서 종종걸음을 칩니다 고지가 확고하게 다져집니다

나는 고지 탈환을 위한 작전이 필요합니다 필요에 의한 마음은 소통과 거리가 멀어서 명분을 세우기에 급급합니다 적당한 거리 유지의 필요성을 아는 고슴도치가 본다면 재미있는 상황의 연출입니다

암묵적 휴전! 팽팽한 신경전!

심판 없는 싸움은 반칙이 도사립니다 속사정은 하늘이 알고 땅만이 아는 사실입니다 지구가 시계 방향으로 돌아준다면 J의 고지가 움직일 것도 같습니다만 지구는 확고하게 시계 반대 방향으로 돕니다

아! 반대로 돌아버리고 싶다는 지구, 두 사람을 빙하기로 데려가 꽁꽁 얼려 얼차려를 시키고 싶다는 지구, 이대로 폭발해서 공중분해시키고 싶다는 지구

지구가 마음을 잘 먹어보라고 조언합니다 맛에 대해 알려진 바 없지만 바늘구멍만 한 마음이 커질 기회라고 합니다 자칭 소우주라고 자처하는 내가 인류를 구원하는 일에 앞장서야 겠습니다

부글부글 끓어오르는 가슴은 희망입니까, 절망입니까!
고지와 함께 자폭하는 것은 승리입니까, 패배입니까!
지구를 살리고 내가 폭발하는 것이 최후의 수단입니까!

해가 우아하게 서쪽에서 뜨고 있습니다

자주달개비꽃

신문 활자 달비계가 달개비로 읽힌다
두 눈 크게 뜨고 다시 읽는 기사에서
달개비꽃이 지고 자주달개비꽃이 핀다

추락 소식을 듣고 달려온 가족에게
응고된 피로 화답하는 꽃 한 무더기

육하원칙의 행간에서
무릎 관절을 꺾는 줄기가 세워지고
마디 끝에서 선분홍색 꽃이 위태롭다

추락의 끝은 바닥, 시작은 바닥부터 한다는
살신성인으로 완성한 유언장

습지 대신 대도시로 진출한 것이 죄
가족의 생계를 책임지는 가장이라는 죄
보험회사도 외면하는 외줄 타는 직업을 선택한 죄
법률 조항을 다 뒤져도 죄목 없는 죄를 지은 죄

기사 행간에서 핀 꽃이 맑고 순하다

오늘밤은 맑고 순한 가장들이 잠 못 드는 밤이겠다

달빛마저 선분홍색이겠다

인터뷰

게가 보도블록을 걷고 있었어요
신기하다가 어이없다가 걱정하다가 화가 났어요
자기 설 곳도 모르는 바보 같으니

개를 게로 착각한 것 아닌가요?

육지를 바다로 착각한 것 아니냐고 물었나요?

개는 멍멍 짖어요
짖는 개소리에 귀 기울이는 사람이 많다는 걸 근래에 알았어요

게가 멍멍 짖고 싶은데
신기하고 어이없고 걱정하고 화가 나는 일이 되니까
보도블록을 걷고 있었던 것 아닐까요?

게는 선택의 여지가 없었던 것 같군요

개와 게는 동음이라서 오해를 받기도 하죠
사람들은 부연설명이 필요하다고 종용하기도 해요

혹시 게가 짖는 것을 본 적 있나요?

게가 보도블록을 걷는 걸 본 적 있어요

개 한 마리가 짖기 시작하면 온 동네 개들이 함께 짖어요
사람들은 시끄러운 곳에서 특종을 잡고 싶어 하죠
보도블록을 걷던 게는 특별한 종이니까 개 한 마리가 계속 짖어요

게가 짖고 싶어하면 신기하고 어이없다고 걱정하고 화를 내요
게가 왜 바다를 떠났는지 관심 두지 않아요

게가 집에 잘 도착했을까요?

아직 보도블록을 걷고 있지 않을까요?
석양에 물든 바다를 보면 알 수 있어요
보세요, 멀리에서 파도가 짖잖아요, 멍멍!

견 해

극적인 우연에 시나리오는 없다
주인공 노파는 생생한 삶의 현장에 있고
사람들 속에서 행인으로 등장하는 나는
걸음 멈추고 노파를 주시한다

세밑 동물병원 앞 보도블록!

빙판 진 바닥에 돌풍이 몰아친다
자리를 깔고 열쇠고리를 진열하는 노파
잦은 기침이 자동차 경적에 묻히고
지나가는 행인들은 무조건 행복하다
노파가 지낼 설에 대해 관심 두지 않고
설맞이 장사에는 떡국 재료가 어울린다는 표정으로
파트라슈와 네로*에게 그랬던 것처럼

쿨럭쿨럭 기침은 쉴 새 없고
곱은 손 굽은 등 뒤로 보이는

'노견 전문 병원'

통유리에 붙은 빨간 글씨가 유독 환하다
노견과 노파 사이에 어둠이 내린다

* '플랜더스의 개' 주인공.

지혜로운 당신

희망을 품으면 가슴에서 날개가 돋아요 어떻게 알았냐고요?
당신이 희망을 품어보세요 부푼 가슴이 훨훨 날고 있을 거예요

첫걸음이 중요해요 아장아장 걸음마를 시작하는 아가처럼
요 간혹 서두르고 싶을 때 있어요 예를 들면, 알아요? 벌써 알
고 있었어요? 당신은 지혜롭군요

꿈을 펼칠 때 누가 등장하나요? 아, 미안해요 질문에도 급이
있는데 어떠한 난관도 넘어야겠죠? 훼방꾼을 물리쳐야 해요
흔들리지 않고 당당하게, 멋져요 당신!

새 입에는 부리라고요? 묻지도 않았는데 어떻게 알았나요?
그럼 사람 입에는 조심하고 있다고요? 그새 우린 통하는 사
이가 되었군요, 대단해요 당신!

친절은 무조건 받아들이나요? 거절할 때 있군요 그래요 마음
이 약해지면 안 돼요 자신의 이익을 위해 베푸는 친절도 있다
고요? 진실을 보는 눈이 필요하다고요? 역시 당신 현명해요

실거리나무 앞을 지나며

잡지 말자! 이젠

갈고리 가시로
목숨줄 걸고 버텼던
그 겨울 지나

꽃 피었다

샛노랗게 뜬 마음이
못다 한 말 있다고
빨간 혀 드러내는 속내
갈고리 가시에
봄스웨터가 걸렸다
살며시 빼내며

이젠, 잡지 마!

원 점

'뭐가 두려운 거니?'
바라보는 내가 물어옵니다 선뜻 대답할 수 없는 내가 오거리
건널목에 서 있습니다

'왜 두려운 거니?'
바라보는 내가 물어옵니다 망설이는 내가 신호가 바뀌어도
건너가지 못합니다

오방(五方)으로 열린 건널목에서 원점으로 돌아온 내가 서 있습
니다

'의지가 중요한 거야'
바라보는 내가 두려운 나를 바라봅니다 혼자라고 믿고 있었
는데 믿음도 착각을 하나 봅니다

'건널목에는 빨간불만 켜졌어'
두려운 내가 핑계를 댑니다

'완벽한 사람은 없어'
바라보는 내가 토닥입니다

오거리 건널목 신호등이 바뀌고 사람들이 분주하게 건너갑
니다 두려운 내가 안절부절못합니다

'괜찮아, 천천히 가도 돼'
바라보는 내가 기다려줍니다 두려운 내가 오거리 건널목에
서 있습니다

고슴도치 딜레마*

멀지도 가깝지도 않은

깊지도 얕지도 않은

사랑도

우정도

거기까지만

아바타 꽃잎들

"벚나무 가로수에 꽃이 만발했습니다"
만발을 막말로 들었을 때 문제가 발생합니다

가랑가랑 비가 재미 삼아 내립니다
바람은 이때라며 불어옵니다
꽃잎들은 속절없이 맨땅에 헤딩하다가
아바타 자세를 취하고 맙니다

혼자서 튀는 것은 금물!

즈려밟힐 각오하고 꽃길 열어주자는 식
민주주의 방식으로 의결된 바람은
꺾을 수 없는 선에서만 불자는 식

벚나무가 새로운 아바타 버전을 제시합니다
새싹들이 일제히 환호하며 톡. 톡.
현재진행형의 봄을 제치고
내년 봄이 절정입니다

노천카페

상념이 한낮 더위를 먹는다

자귀나무는 밤을 기다리는 낯빛이 역력하다
가벼운 말과 행동을 자제하고 우아를 선택한 나는
자정이 되면 그날이라는 것을 알고 있다

지금은 워밍업을 할 시간

공원 스피커에서 강시 표정으로 흘러나오는 동백 아가씨*
이곳은 나만의 공간이라고 말하고 싶지만
그때나 지금이나 라디오는 일방통행을 한다는 것
청취자는 선택권이 없다는 것
동백 아가씨가 한 곡(哭) 하든 말든
그리움에 사무치든 말든

자명한 선택은 우아

스피커가 쉬지 않고 울다 지쳐도
나는 트로트에 맞춰 국민체조를 해야 하고

그날은 다시 돌아오고야 마는
합환주 한 잔으로 자정의 만찬은 끝이 날 것이다
자귀나무 꽃술 취기에도 밤이 먼
이쯤에서

시집 한 권과 테이크 아웃 카페라떼

동백 아가씨 가슴이 빨갛게 물이 들든 말든
매미들이 악을 쓰든 말든
하늘 임자 따로 있는 것 아니니까
땅을 품고 앉았다고 지진 날 거 아니니까

제삿장 옆에 끼고
지극하게 우아한 시간

*   대중가요.

철학적 사고

산비탈 함석집에 햇살이 내린다 삐걱대는 마루를 지나 댓돌
에 내려앉는다 이 자리를 선호하는 개의 노숙이 평화롭다

주인은 마음에 주춧돌을 놓고 벽을 세웠다 그 안에 문을 만들
고 고리를 굳게 걸어 잠갔다 햇살이 통과하지 못한 방 안에
냉기가 돌았다 문에 먼지가 쌓이는 동안 주인의 신발에 햇살
이 다녀갔다

"개 팔자 늘어졌다는 말을 모르는군!"
개는 중얼거리며 방문을 살폈다

주인은 시간이 흐르는 동안 주춧돌에 짓눌렸다 벽에 틈이 생
기기 시작했다 ∞로 뻗어나가며 ∞로 연대하는 햇살의 포용
을 방 안에서 보았다

개가 댓돌에서 팔자가 늘어지게 잠을 잤다 주인은 누워있는
팔자를 세워 벽에 대고 못을 박았다 쿵! 쿵!

개가 놀라서 멀뚱 처다봤다

시작(詩作)

강박증의 언어로 쌓아올린 바벨탑이 신의 눈 밖에서 무너
졌다

언덕에서 바라보는 겨울 바다 모래사장 누군가 큰 글씨로 반
듯하게 시작이라고 써놓았다 고딕체가 주는 무게에서 고딕
양식의 종탑을 보았다 시작이 반이라는데 용기가 부러웠다
부러우면 지는 것이라는데 이겨본 적 없으니 맘껏 동경했다
파도를 견제하지 못하고 지워지는 글씨 물거품이 된 누군가
의 수고로움에서 종소리가 났다 일순간 날아오르는 새떼 나
는 포수가 되기로 한다

내 것 아닌 것 죄다 탐하는 시작(詩作)이다

별이 빛나는 밤에 별을 헤다

답습하고 싶은 예술가들은 단명했다 나는 불혹을 넘긴 이쯤
에서 별이 빛나는 밤*에 하늘과 바람과 별과 시**를 본다

별의 생명은 반짝이는 것이라고 틀을 만들던 때가 있었다 더
확장되지 않는 의식 속에서 별은 반짝반짝 빛을 잃었다

바람이 불었다 광풍이었다 별은 물결을 일으키며 회오리를
만들었다

'미쳤군! 내 손으로 내 귀를 자르지 않는 게 다행이야'

'빈센트, 빈센트, 빈센트 반 고흐'***를 읽으며 이명에 시달리
던 밤에도 제주섬 남쪽 하늘에 카노푸스가 낮게 떴다

뱃길을 안내했거나 우주선 자세 제어할 때 기준으로 삼거나
옛날이나 지금이나 카노푸스는 한 개의 별일 뿐

나는 답습하고 싶은 예술가들을 답습한다 별이 빛나는 밤이
면 별을 헤는 것으로 나라를 사랑하고 예술을 사랑하고 나를

사랑한다

욕심이 많은 나는 단명한 예술가들보다 오래 살아서 별이 빛
나는 밤에 별을 헨다

* 빈센트 반 고흐 작품 제목.
** 윤동주 유고 시집.
*** 빈센트 반 고흐 전기소설.

홍수 속의 가뭄

사주에 물이 없다는 팔자를 지고 살았다 늘 목이 말랐고 가슴
이 탔다
지켜보지 않기로 했다 내 이야기가 아니므로

햇빛 쏟아지는 날에 우산을 썼다 그 모습이 우스꽝스러웠지
만 표현하지 못했다
있는 그대로 존중하기로 했다 그 마음에 들어앉아서

바꾸는 것은 변화하겠다는 의지, 변화의 방향은 진보다 이름
을 바꾸었다 이름에 수(水)를 써서 가뭄을 이겨보기로 했다
그 결정에 찬성했다

자신을 부정하고 싶었다 부정과 진보 사이에서 헛말이 쏟아
져 내렸다 목을 축이고 가슴에서 타는 불을 끄고 싶었다
지켜보지 않겠다는 말부터가 헛말이었다

등줄기에 팔자를 지고 눈에서 물줄기가 흘렀다 홍수가 나도
목이 마르고 가슴이 탔다
이야기 속의 주인공은 내가 아니다

해설
막다른 관계의 출발선

송상(시인)

막다른 관계의 출발선

세계는 타자와의 마주침으로 가득 찬 공간이다. 이들과의 관계 속에서 인지적이든 비인지적이든 정서를 유발하기 마련이다. 특히, 개인의 기억과 아픈 역사의 상처는 시간이 흐른 뒤에도 주체의 정서를 강력히 흔들며 삶의 틈새를 공략한다. 그런데 문제는 이 불확실성의 정서들이 종종 미적 재현 대상이 되어 시적 언어로 출혈된다는 점이다.

김도경 시인은 이러한 불안하고 억눌린 정서들의 이미지들을 '어른아이들'이란 언어로 빗대었다. 마치 나비로의 환골탈태를 꿈꾸는 애벌레처럼 부조리와 불의에 직면하면서 불면으로 직조한 고치 속에서 비상의 변신을 꾀하고자 시도한다. 이 기다리는 시간은 더없는 환희일 것이다. 그래서 시인은 카메라옵스큐라에 작은 빛의 구멍을 뚫고 자신의 상을 찍는 시도를 한다. 그 이유는 거꾸로 굴절된 시적 형상을 추구하고 싶은 것이다. 이제 시집 '어른아이들의 集'의 통로를 탐방하며 이를 엿보려 한다.

1. 관계의 인형조종자

'어른아이'는 어떤 의미를 담고 있을까? 사전적 뜻으로 '어른은 다 자라서 자기 일에 책임을 지고, 사리분별이 있는 사람'이고, 아이는 '나이가 어리고 순수함을 잃지 않은 사람'일 것이다. 그런데 시인은 어른과 아이를 '어른아이'로 복합명사화하여 완전히 굴절된 의미로 변이시키고 있다. "지구촌이 아프다 어른아이들의 선 긋기"(「땅따먹기」), "어른들은 모범적인 병정놀이를 해요"(「21세기 놀이」)에서는 아이의 순수성을 이용하는 극단의 탐욕 덩어리인 부정적인 '어른아이'를 포획하고 있다. 이러한 부정적 이미지를 서슴없이 드러낸다.

풍당풍당 돌 던지며 놀던 아이들은 어른이 되었어요 풍당풍당 떨어지던 돌이 풍덩풍덩 떨어지기 시작했어요 신나게 던진 돌에 지나가던 개가 맞는가 하면 사람이 맞기도 했는데 풍덩풍덩 던진 돌은 생각 없이 적중할 때가 많아서 피 보는 것이 일과가 되었어요 어른아이들은 피가 노란색이면 좋겠다고 생각했어요 노란색 리본을 볼 때면 정의가 떠올랐던 것인데 정의는 누구네 집 개 이름 같기도 했어요 그 누구는 가물가물 생각나지 않았어요 풍당풍당 돌을 던지면 예쁜 누나가 빨래하고 잔물결이 손등을 간지럽힌다는 동요를 흥얼거렸지만 돌은 풍덩풍덩 떨어져서 피를 봐야 하고 예쁜 누나는 목숨을 걸어야 하고 하나밖에 없는 목숨에서 정의는 개밥이 되었어요 불가촉천민은 감히 올려볼 수 없는 애견 사료 애견 미용실 애견 테라피 애견 호텔 애견 병원 애(愛)은 견(犬)의 지위를 확고하게 지지했어요 애(愛)가 인(人)의 편에 설 때까지 어른아이들은 돌을 풍덩풍덩 던져야 한다는 사명을 느꼈어요 정의는 노란 리본에서 상기될 뿐 던지는 돌에 맞아 죽은 정의가 비일비재했어요 어른아이들은 애(愛)가 견(犬)을 지지하는 시냇물에 발을 담갔어요 풍덩풍덩 물장구를 쳤어요

- 「어른아이들」 전문

풍당풍당→풍덩풍덩→노란색 피(리본)→정의→애견→죽은 정의→愛가 犬을 지지→풍덩풍덩 얼개의 이야기는, 아이들이 어른아이로 성장해 가면서 순수함을 잃고 목숨까지 우습게 볼 정도의 불의와 어처구니없는 부조리를 서슴없이 자행하는 현실을 비판하고 있다. 그렇다고 이러한 현실에 대해 무표정과 냉담으로 흘려보내고 있는 것일까? 아니다. "愛가 人의 편에 설 때까지 어른아이들은 돌을 풍덩풍덩 던져야 한다는 사명"처럼 시인은 어른아이들의 대오(大悟)를 주창하기를 바라고 있다. 하지만 세상은 여전히 이기적이고 어리석은 어른아이들이 "愛가 犬을 지지하는 시냇물에 발을 담갔어요 풍덩풍덩 물장구"를 치고 있음을 개탄하고 있다. 사랑으로 만개한 사람 사는 에덴동산은 결코 오지 않을 것

이라는 확신이 시인을 억누르고 있는 것이다. 그래서 시인은 암울한 세상을 인정하면서 누군가에 기댈 곳을 찾아 헤매다가 「비빌 언덕」을 찾는다.

너는 비빌 언덕이 필요하다고 했다 비비기에 좋은 거품이 있으면 좋겠다고 했다 아침이면 수염을 깎듯 흐르는 강물을 보며 흥얼흥얼 랩에 맞춰 춤을 추었다/ 스크린도어컨베이어벨트바위덩어리새의철창나는비빌언덕이필 요 해! 금수저가하늘만큼 커! 은수저가땅만큼 커! 흙수저는무늬만있을뿐먼지쌓이는비빌언덕에서나는노래하지/ 랩은 슬프지 않았다 경쾌하고 다정했다 흙수저들이 숟가락장단을 맞추고 비빌 언덕도 함께 춤을 추었다 너는 쉬지 않고 랩을 부르며 춤을 추었다/ 나좀서게해줘지쳤어흙먼지는가벼워비빌언덕이날아가숟가락장단을멈춰부탁이야나좀서게해줘/ 이젠지쳤어제발제발제발제발제발제발제발…/ 랩은 슬프지 않았다 경쾌하고 다정했다 악보에 쉼표가 있었다면 우리는 춤을 멈추었겠지만 상처 난 CD에서 가사가 반복되었을 때 다급한 네 목소리를 아무도 듣지 못했다

- 「비빌 언덕」 부분

이 시는 연상으로 출발한다. 비빌 언덕→비비기 거품→수염→랩→제발→다급한 목소리로 랩을 흥얼거린다. 랩은

쉼 없이 어깨를 들썩이게 한다. 그러다가 갑자기 비빌 곳이 "필 요 해!"라고 한층 톤을 높인다. 나에겐 금수저와 은수저 같은 비빌 언덕이 없다. 나는 흙수저이기 때문이다. 랩의 경쾌함은 지속되지 못한다. 아무리 경쾌해도 흙수저가 비빌 곳은 먼지 언덕이며, 당장 숟가락에 떠먹을 일용할 양식이 필요하기 때문이다. 어떤 방식으로도 흙수저의 고단함을, "다급한 네 목소리"로 외치지만 "아무도 듣지 못"한다. 이미 고착된 금은수저들의 지배체제에서 '노력하면 된다'의 구호는 허위의식이며, 이를 강요하는 것이 어른아이들의 전형적인 전술이라고 「찬란한 묵념」에서 시인은 갈파하고 있다.

점심 한 끼 놓치고 도청 앞을 지나가던 날/ 농민들이 피켓 들고 외쳤다/ "우리 농민 다 죽는다!"/ 내 배에서는 꼬르륵 소리가 났다// 예수님은 부활하셨다// 마트에서 장을 보다가/ 수입산 가격표가 붙은 곡물 소고기 과일 야채/ 집었다 놨다를 몇 번 하다가/ 가격 대비 수입산 곡물을 집어 들면서/ 양심적으로 아멘!

- 「찬란한 묵념 1」 부분

갈아엎으시겠습니까?/ 선택의 여지가 없습니다/ 꼭, 지금이어야 합니까?/ 정부 보조금이라도 받으려면요

- 「찬란한 묵념 2」 부분

내가 너희를 구원하노라!/ 허공으로 뻗은 손들이 필사적이다/ 지
푸라기는 물에서만 잡는 게 아니었나 봐/ …/ 길이 꼬이면 푸는
재미가 있지/ …/ 허공에 모를 심자!/ …/ 치열해서 제맛 나는/ 천
국의 문// 태초에도 구원의 손이 있었어/ 보이지 않는 손을 믿어
야 해/ 지푸라기 생산 라인/ 줄서기를 잘해야 해/ …/ 허공으로
뻗은 손들이 필사적이다/ 지푸라기가 너희를 구원하노라!

-「관문」 부분

「찬란한 묵념」과 "삼십 년이 흐른 지금도 귀가 중에 있는
어른아이"(「열두 살 아이의 귀가」)에서는 구체적 현실에서 시적
모티브를 찾아 부조리와 허위를 조명했고, 「관문」에서는 '어
른아이들'이 신의 개념을 이용하여, 「생각나무」에서는 "주인
의 손길은 따뜻해요 열대어는 꼬리 흔드는 것이 중요하다는
걸 알아요" 관습의 절대성이 가스라이팅처럼 흙수저들의 정
신을 황폐화시키고 지배력 행사를 더욱 진화시키고 있다고
시인은 토해내고 있다. 결국 시인은 이러한 '어른아이들'의
지배적 허위의식으로 인해 "'선내에서 가만히 대기하고 있
어라' 십 년이면 강산이 변한다는데/ …/ 피멍 든 손톱 발톱
으로 기어오른다"(「갯벌노랑이들의 수학여행」) 세월호 사건이 필
연적으로 일어날 수밖에 없었고, "소라 엄마가 호박씨를 말
리고 있어요 호박씨들이 소곤소곤해요/ …/ 새빨간 거짓말
이 마을 사람들 입에서 오르내리는 동안/ …/ 나뭇잎들은 민

망해서 울긋불긋 붉혔다나 봐요"(「가을에 단풍이 드는 이유」),
"말들에게 겹겹이 포위당했다던/ 여인의 안부가 궁금하
다"(「마녀사냥」), 거짓 소문과 음해로 인해 순수한 삶을 송두
리째 꺾고 있는 '어른아이'들에 대해 개탄하고 있다.

2. 관계의 분절자

　인간관계의 과잉이 오히려 상처가 된다. 마치 따뜻한 불
가에 다가갔다가 화상을 입은 아이처럼 상대가 매몰찰 때
관계에 대한 허무가 스며든다. 다시는 이런 관계가 없다고
자신을 가두는 「그런 사이」 시인은 이런 경험에 당혹스럽고
비참한 감정이 든다.

> 전화가 왔고 낯선 목소리였고 내가 누군지 알겠느냐고 했을 때 낯
> 익었던가? 우린 그런 사이였고// 그녀는 내게 친절했고 뜻밖의 친
> 절에 나는 당황했고 요즘 친절은 상대의 의지를 묻지 않고 베푼다
> 고 했던가? 그네는 그런 여인이었고// 난 그녀의 친절을 정중하게
> 밀어내면서 대범한 척 말했고 그녀가 미안한 척 사과했을 때 이내
> 쏘아붙이지 못한 내게 화가 났고// 지금까지 구걸하지 않고 왔다
> 는/ 내 가치는 내가 지키며 산다는// 요즘 세태로 보면 흉이 아니
> 라고 가슴에 못을 박는 그녀를 이기고 싶었던 난 그녀의 친절에

화만 냈던 것일까!// 그녀와 난 그런 사이였다

  - 「그런 사이」 전문

  「그런 사이」와 따뜻한 감정을 나누고 진솔한 대화를 나눈 적 있다. 그러나 시인은 자신의 감정에 일일이 위로받고 싶지 않다. 나와는 상관없이 일방적 베풂을 시인은 밀어낸다. 시인은 자신의 일상의 방에 누군가 친절을 구비하는 것이 마뜩잖다. 시인은 울고 있을 시간이 없다. 누군가의 위로에 잠시 황홀경을 누렸다가 다시 하루를 쌓아올릴 정신력이 없다. 누군가의 친절에 잠깐 일렁이는 감정을 만끽할 여유도 없다. 그래서 밀어낸다. 과잉 친절이 오히려 상처로 남는 경우가 많았던 경험 때문이다. 시인은 자신의 '지금까지 구걸하지 않고 왔다'는 자신의 가치와 '그녀를 이기고 싶'은 치기가 그 이유라고 너스레 떤다. 그래서 시인은 타자가 아닌 자신도 '어른아이'의 전형적 모습이라고 말하고 싶은 것이다. 이러한 감정은 「내가 좋아하는 언니가요, 글쎄」가 매몰차게 대하는 부분에서도 흘러간다.

    배추 농사를 짓기로 했어요/ …종자와 밭을 구하는 데 조언을 구했어요/ …내가 좋아하는 언니에게요 좋아하면 믿음도 따라 생기니까요/ …밭도 빌렸어요/ …속이 꽉 찬 김장배추로 거듭나고 있었어요 그런데 태풍이 몰아쳤어요/ …흙탕물에 잠긴 배춧잎을 보며 내가 좋아하는 언니가 말했어요// "농사지으라고 한 적 없어.

결정은 네가 한 거야!"…

- 「내가 좋아하는 언니가요, 글쎄」 부분

　시인은 타자에 대해 말하는 듯이 하지만 사실은 자신의 독백을 통해 관계성을 설정하고 있다. 그것은 관계성이 이상하거나 그르다는 뜻이 아니다. 이전과 다른 관계성으로 대체하고 있는 것이다. "물수제비처럼 던진 화두에 실수로 답했을 뿐인데"(「반어」), "필요에 의한 마음은 (…) 명분을 세우기에 급급합니다 적당한 거리 유지의 필요성"(「우아한 연륜」), "친절은 무조건 받아들이나요? (…) 자신의 이익을 위해 베푸는 친절도 있다고요?"(「지혜로운 당신」)에서 아무런 상호작용이 없이, 그저 혼자 말로라도, 관심 없는 듯한 대화로 "'완벽한 사람은 없어.'/ 바라보는 내가 토닥입니다 (…) 두려운 내가 오거리 건널목에 서 있"(「원점」)는 것처럼, 자신의 벽을 쌓으며 혼밥을 즐기는 사람의 방식이 필요하다고 "멀지도 가깝지도 않은/ 깊지도 얕지도 않은// 사랑도// 우정도// 거기까지만"(「고슴도치 딜레마」)이라며 스스로 위무하고 있다.

3. 관계의 모태자

　시인에게 사회적 관계, 역사적 관계, 인간관계는 갈등과 고민의 전쟁터이다. 이곳에서는 끊임없이 최대 이익의 분기

점과 거리낌없는 거짓이 장려되고, 저지른 잘못이 무엇인지, 그 심각성은 어느 정도인지 대책 없이 늘어놓는 말장난과 가식들이 뒤섞인 곳으로 간주하고 있다. 시인은 이곳에서 벗어나고 싶다. 그러나 벗어나려고 해도 매일이 꼭 같다. 그래서 시인은 새롭고 독특한 발화점을 찾아본다. 더욱 좁고 작은 장소로 방향을 튼다. 밖에서 안으로 마음을 급히 선회한다.

> 습작한 시를 아들에게 보여준다/ 읽고 또 읽는다/ 느낌을 말하는데 선생님 같다/ 우리는 자리가 바뀌었다
>
> - 「역할」 전문

시인이 포획하려는 것은 숨어있는 정감이며 의미이다. 밤새도록 시를 썼다. 남들은 고통이라 여길지 몰라도 시인에게 이 시간은 환희의 불면인 것이다. 작품을 아들에게 낭송하며 어떠냐고 묻는다. 아들은 "느낌을 말하는데 선생님"처럼 시시콜콜 비평한다. 심지어 난해한 것이 시라고 한다. 두려움 없이 엄마 목소리를 내라 한다. "우리는 자리가 바뀌"어 있는 것이다. 그런데 비평이 아프지 않다. 오히려 기쁘다. 아들이 참 대견하다.

> 앙상한 은행나무 가로수가 링거를 맞는다/ 잎 진 자리를 노란 수

액이 대신하고 있다/ 하나둘 자식을 객지로 떠나보내고/ 반추하는 계절/ 건강검진 결과가 나왔다/ 병원문을 나서는데 하늘이 노래지다가/ 밑동에서 거름을 자처하는 잎들을 본다/ 건재한 은행나무 앞에서 합장했다

- 「가족」 전문

시인은 산문체적 자신의 옷을 벗고 하늘을 본다. 은행나무 잎들도 옷 벗을 준비하고 있다. 옷을 벗는 행위는 '내려놓음'을 의미한다. 떠나는 자식들을 위해 아픈 것도 숨긴다. "병원에 오지 마라. 나 괜찮다.// …/ 강한 부정이 긍정이었다는 걸"(「新효녀지은」), "지층은 한 겹의 층을 쌓는 데 얼마나 진을 뺐을지/ 어머니는 일생에 자식이 어떤 의미였을지/ 겹겹의 층은 뼈와 살을 녹인 어머니"(「호박화석」)는 순환의 모태이다. 따라서 '내려놓음'은 존재와 부재의 순환 공간이다. 시인의 존재와 부재도 이 공간, 곧 가족의 관계 속에서 피고 진다. 시인도 어머니가 그랬던 것처럼 건재한 은행나무 앞에서 눈시울을 출렁거리며 합장한다. 부재를 존재로 환원시키는 관계가 뚜렷이 길을 낸다.

김도경 시인의 시들은 관계의 철저한 탐색에 초점을 두고 있다. 그래서 우리 모두의 성찰을 뒤돌아보게 한다. 왜냐하면 무관심과 음해로 범벅진 '어른아이'는 타자가 아닌 바

로 나로 귀착되기 때문이다. 특히 이 시대는 방금 전 자판기 앞에서 텁텁한 커피 한잔 나누던 기억조차 못하는 관계들이 주도하고 있다. 짧은 망각과 순식간의 표정들이 왔다가는 인물과 대상 속에서 관계는 무디어짐의 속도를 더욱 가중시킨다. 이런 관계 속에서 시인은 고립을 자초할 것이라는 두려움에 사로잡혀 있다. 그러나 현실은 삶이 투영되는 곳은 어떤 형태로든지 관계를 맺고 굴러가기 마련이다. 그래서 시인은 '위로받고 싶지 않다. 따뜻한 대화도 싫다. 나는 그럴 시간도 없다.'라고 외치지만 역설적으로 심연 깊은 곳의 위로와 따뜻함과 함께하는 세상의 꿈을 꾸고 있다. 오히려 이후부터 더 심히 이런 꿈의 몸살을 앓고 있기를 바란다.

김도경

2010년『문예운동』신인상을 수상하고 시단에 나왔으며 시집『서랍에서 치는
파도』가 있다. 2021년 제27회 제주신인문학상 동화 부문 신인상, 제60회 탐라
문화제 전국문학작품공모전 동화 부문에서 입상했다.

dgk47@naver.com

어른아이들의 집(集)

2021년 12월 10일 초판 1쇄 발행

지은이 김도경
펴낸이 김영훈
편집인 김지희
디자인 나무늘보, 부건영, 이지은
마케팅 강지인
펴낸곳 한그루
　　　　출판등록 제651-2008-000003호
　　　　제주특별자치도 제주시 복지로1길 21
　　　　전화 064 723 7580 전송 064 753 7580
　　　　전자우편 onetreebook@daum.net 누리방 onetreebook.com

ISBN 979-11-90482-96-7(03810)

이 책은 제주특별자치도, 제주문화예술재단의
2021년도 문화예술지원사업의 후원을 받아 발간되었습니다.

값 10,000원